我和動物同學們的爆笑日常

我和動物同學們的爆笑日常

作　　　者：柴犬君
企劃編輯：王建賀
文字編輯：王雅雯
設計裝幀：張寶莉
發 行 人：廖文良

發 行 所：碁峰資訊股份有限公司
地　　　址：台北市南港區三重路 66 號 7 樓之 6
電　　　話：(02)2788-2408
傳　　　真：(02)8192-4433
網　　　站：www.gotop.com.tw
書　　　號：ACV046200
I S B N：9786263244719
版　　　次：2023 年 05 月初版
建議售價：NT$320

讀者服務

● 感謝您購買碁峰圖書，如果您對本書的內容或表達上有不清楚的地方或其他建議，請至碁峰網站：「聯絡我們」\「圖書問題」留下您所購買之書籍及問題。(請註明購買書籍之書號及書名，以及問題頁數，以便能儘快為您處理)
http://www.gotop.com.tw

● 售後服務僅限書籍本身內容，若是軟、硬體問題，請您直接與軟體廠商聯絡。

● 若於購買書籍後發現有破損、缺頁、裝訂錯誤之問題，請直接將書寄回更換，並註明您的姓名、連絡電話及地址，將有專人與您連絡補寄商品。

目　錄

我和動物同學們的爆笑日常

第 1 話　截然不同的習性

001

*大部分的小動物都害怕靠近陌生生物。

002

003

體育課時間。

穩坐

長頸鹿同學，你不去操場嗎？

⋯⋯

⋯⋯
我不是你們班的！

高二1班
高一1班

004

005

006

班導師

轉學來一週了,都還沒交到朋友,你得加把勁呀！！

參加社團吧,社團就是為了交朋友而存在的！

我們學校的社團有築巢、吐絲、發光、蛻皮……選一個擅長的參加吧。

全都不會……

委屈

哎,傷腦筋！

007

第 2 話　毛髮管理

008

春天是百花綻放的季節。

也是……

大概是貓

早

難熬的換毛季節。

大概是熊

黏滿臉

早

009

我身為學校裡唯一的人類……

吸——　吸吸——…

要看我女朋友的照片嗎？她是這間學校裡最可愛的唷～

和大家的日常相處。

……

不是和你長得一模一樣嗎？

有嗎？

也總會有難以逾越的鴻溝。

010

＊無尾熊是智商不高的哺乳動物。

011

012

013

於是我突然想到⋯⋯

不如去認識那些會主動接近人類的「傢伙」們吧！

動物大百科

明天也一起玩嗎？

不要。

蚊子

為什麼啦！！！（哭）

014

第 3 話　口是心非

015

016

017

乙戌君能不能和我做朋友？

你是在和高貴的我說話嗎？好吧，新來的，我就和你認識一下吧。

握手——

嗅——

嗅——

嗅——

嗅——

＊想和對方交朋友，必須先了解對方的「社交禮儀」喔！

018

019

結束！
我們贏了！

好乖

今天做得很棒！

摸摸

糟糕！
下意識就
摸頭了！

020

021

愚蠢的人類以為
這樣就征服我了
嗎？真是太年輕、
太天真了！

呵～

嗯⋯⋯⋯？

好想讓他只摸
我一個人的頭，
這是怎麼回事？！

乙戌君打
開了新世
界的大門。

不平衡

第 4 話　你是我的王子

022

023

我叫胡蝶，是一隻蝴蝶，興趣是看愛情小說。

兩天前被仁同學從一隻笨狗嘴裡救出來，送到醫院。

快吐出來！

仁同學和書裡描繪的王子長得一模一樣。

妳沒事吧？

這是哪位？

我……墜入了愛河。

啪啪啪啪啪

024

025

026

夢中情人就在眼前！！！

一定要抓住機會對他表達心意！

字太小了啊……幸好我有放大鏡。

呀——

呀——

（慘叫）

＊請不要用放大鏡觀察小昆蟲。

027

如果能親吻我一下，感覺傷就會好了呢！

突然這是……

不過仔細看胡蝶同學和班上其他人不太一樣。

不是挺可愛的嗎！？

028

＊蝴蝶的嘴像是可以捲起來的吸管。

第 5 話　我才不賣萌呢！

029

倉鼠——
布丁同學
是厭惡人群
的獨行俠。

他最討厭集體
生活，不需要
朋友，沒有親
人，是冷酷的
孩子。

今天美術
作業是畫
同學的畫
像。布丁，
你和阿仁
一組。

咭

組隊嗎？

話說這個人
怎麼回事…

感動

是倉鼠
耶！
可愛
可愛
可愛

030

我有非常鋒利的牙！！

力氣很大的爪！

惹我生氣很可怕！！

趁我還在好好說話的時候快點走開吧！！

在跳呢，可愛極了。

哎喲

031

為了取得高中畢業證書……現在要忍耐！

之後就可以獨居，做回那個帥氣、英俊、冷酷的我！

我畫好啦！

超可愛！

啪

032

嗯⋯⋯那個⋯⋯

怎麼？
終於知道我的
可怕之處，想要
逃走了吧？

哼

我在煩惱，布丁你
的毛色是雞蛋色還
是焦糖色呢？雖然
兩個都很可愛⋯⋯

超煩躁

噠噠噠噠

033

這個不會察言觀色的笨蛋！

桌子

……

栩栩如生

布丁太棒了！最愛你。

踏踏

氣瘋

034

完成的同學，可以交上來了。

我！我！我畫了無敵可愛的布丁同學！

冷漠

這個傢伙……要他好看！

布丁，轉過來。

噠噠噠

噠噠噠

嗯？

超萌的！

035

沒錯！布丁是冷酷而不合群的孩子，想要消滅靠近自己的人，

終於啃好了

接招吧——

咦？怎麼了？

但是因為攻擊力低……

一把抓

沒事啦～

只能……賣萌求生。

第 6 話　胡蝶的告白計劃

037

038

胡蝶同學
最近老是
繞著仁飛。

驚醒

咦？！
下課了？

同學，你
有衛生紙
嗎？

浮腫

想去WC……

胡蝶視角

大概是加
了愛的濾
鏡的關係
……

039

我和動物同學們的爆笑日常

040

041

仁，他似乎很喜歡布丁同學。

耶～

布丁很可愛，身邊總是有一堆人圍繞，難道他可愛的祕密就藏在每天背著的那個超大書包裡？

今天我倒要看看他書包裡到底藏著什麼裝可愛的東西！

咕咚—

042

第7話　奇葩的老爸老媽

043

休息日。

呼——

呼——

呼——

幾點了還不
起床！
今天有吐絲
研習，你不
去看看嗎？

我不會
吐絲啦
……

真沒上進心！
忘記我們為什
麼送你去那間
學校了嗎？

為什麼要送我
去那間學校呢？

044

045

只要去那間學校，就可以整天和毛茸茸的動物在一起了！

我是人耶！好好的，為什麼不去讀人類學校？

因為⋯⋯

與人相處不是超累的嗎⋯⋯

嘆氣

是你自己有社交障礙吧！

046

047

就這麼設定了！去辦轉學手續吧。

好呀！

等一下！
這樣突然轉學，我的朋友們怎麼辦？你們也為我考慮一下啊！！！

阿仁你……
哪來的朋友？

別開玩笑了。

對吼！！

048

049

你現在是後悔去那間學校了嗎？

……

沒有，現在還不錯。

第 8 話　我是鮑可愛

051

咦！

打架王。

好可怕，不要靠近他。

聽說1打17啊！

快看，老黑回學校了。

那是誰啊？好像很厲害。

嘿嘿，瞧他們膽小的。

那個可是我的好兄弟，看好了！

小聲

嘿……你來了啊。

完美閃避

躲開的方式太難以形容了……

看見了嗎？

呵

052

遲到的兩人被叫到辦公室談話。

要被扣分了！！

對不起

居然遲到！

咦？！

還有你，鮑可愛！想起來要上學了啊？

······

寒氣逼人

不是說過不准再叫我的本名了嗎！！

鮑可愛？不叫龍日天？

來決鬥啊～！

053

鮑家
16年前

次子
鮑七尺

長子 鮑威武

媽媽 鮑有錢

兩個兒子的長得真壯！將來一定會稱霸宇宙！

不過，小兒子不僅毛色變異還長得像玩具，以後可怎麼辦呀，老公。

爸爸 鮑跳如雷 前黑幫首領

老公 鮑可愛 9個月

鮑威武

鮑七尺

鮑可愛

誰知成長改變了一切……

所以妳為什麼不幫我改名字啊！

媽明天就去改。

妳都說10年了！

啪.！

054

鮑可愛被媽媽寄予稱霸厚望。

瘋狂鍛鍊

飆霸四方

媽終於睡了，我終於可以……

掏

但誰也不知道，他最喜歡的是……

讀書！

055

056

遲到的兩個人被罰掃地。

雖然庫存沒了，好在我還有一點私藏。

蛇

掏出

中學生存法則：和老大搞好關係。

仁

從胸前掏出什麼東西的樣子…是偷藏的菸嗎？我表現的機會來了！

慢著！我來點！！

啪

單字速記

燒樹葉的打火機派上用場了。嘿嘿！

點？

第 9 話　狀況百出的考試

057

我和動物同學們的爆笑日常

058

人類擅長讀書對吧？

明天幫幫我們嘛！

欸……不太好吧。

但是！

這會不會是我真正融入大家的好機會呢？

包在我身上！我可厲害了。

咦？

鬼鬼祟祟

同學，要不要我也一起罩你啊？

不用！

我很強！

059

060

061

接著！

藏

小心翼翼地
掏出來……
咦！？

十分鐘後。

咦？！

紙條呢？

咦……

*海獺的前臂下方，有一片口袋狀鬆軟的皮膚，儲存食物之餘，也能存放牠
　們最喜歡的石頭。

062

063

大家不用這麼客氣。

預備——

拋起

砰——

○○○○○○

那一刻，乙戌君發現自己睡過頭，根本沒去考試的悲劇。

但他還是夢對了一件事

哇，他真的是人嗎？

我還抄他的……

阿仁，35分！

這傢伙！

第 10 話　我要撐下去

064

065

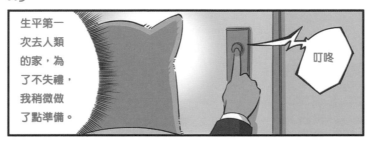

生平第一次去人類的家，為了不失禮，我稍微做了點準備。

叮咚

您好，伯母！

我是來……

善華閃亮

你是來提親的嗎！？

震驚

我和動物同學們的爆笑日常

066

067

喔耶～-
阿仁的朋友來找他玩了啊，

我也要去打個招呼。

等等！仔細想想…
這四十多年來，
為什麼都沒有朋友來家裡找我玩呢？

這場景好陌生啊！

啊⋯⋯
原來我一直都被大家排擠了嗎？

068

*阿仁三個月大時的藝術照
——by 媽媽。

069

這是我老爸。

好不容易有客人來，一定要熱情招待才行！只要像媽媽那樣做…

緊張

爸爸自己的周歲照→

給他看點照片……

哇

不用認識也沒關係……

不行！太讓人害羞了啊！！！

這樣啊。

070

星期一。

變聰明了嗎？

聽說你去阿仁家裡唸書，覺得如何？

嗯⋯⋯

沒唸書，看了不少照片⋯⋯

呀~

欸！沒想到⋯

原來他是這種人！

不是！

第 11 話　惡夢般的捉迷藏

071

今天也要努力融入大家！

誰要一起玩捉迷藏？

我~

我！

我！

1、2、3……

咦？

他也要來玩?!

072

不會吧……老大怎麼能玩捉迷藏呢？

害怕

一定是誤會吧……

來～黑白黑……

白！

他出了！若無其事地出了！！

啊——還是手心……

· 71 ·

073

偏偏還是我當鬼！

怎麼辦啊？！
和老大玩捉迷藏嗎？
明明他比較像鬼！
完全不想……不對，
是不敢去抓他啊！

1、2、3、4……

啊！讓他贏不就好了嗎？他一定也是這樣希望的！我不愧是人類，就是聰明。

一定要好好躲啊，我會努力找不到你的！

99、100！開始了……

……呃。

074

完全沒躲

哦哦哦哦哦

為什麼不照遊戲規則呢！？

到底是要我怎麼做啊！

那傢伙到底在幹嘛……

只是恰好在這裡背公式。

· 72 ·

075

不行！

既然是遊戲，就要遵守規則！！

我不會退縮的！

書上說人類是世界上最可怕的動物……

這傢伙確實與眾不同，他到底想幹嘛？

抓……抓到你了！

哈——

哈——

076

他抓到我（看書）了！打算威脅我嗎？

你……你能從1數到100嗎？

自尊受創

數到10也可以……咦？

077

……

你今天做了什麼？

玩捉迷藏。

好像……沒有包對？

第 12 話　美夢破碎

078

體育課後。

胡蝶攔住了仁同學。

……

扭捏

踢球很熱吧？喝點水吧。拿哥給你的啦~

謝…謝謝。

079

這瓶水……

撲通

撲通

並不是普通的水！

幾天前。

最近和仁同學的關係……

一點進展也沒有。

怎麼又是你，是喜歡我嗎？

和骨科醫生倒是熟了不少……

080

你還在因為跨種族戀情發展不順利而苦惱嗎？

現在隆重推出「變身900」！不管什麼種族都能輕鬆轉變～

唉！？

變身900不僅能改變種族，最重要的是……

喝下這瓶，他就會愛上你！別猶豫，趕快訂購吧！

這是？！

081

沒錯！這瓶水裡加了電視購物的戀愛魔藥～只要喝下去……

旋轉

仁同學就會變成蝴蝶了！

咕嚕

喝了！

082

083

084

毛茸茸

鏘！

欸？

什麼？
你問我是怎麼
換衣服的…

這是漫畫，不要
思考這種問題啦～

第 13 話　蝴蝶和飛蛾的約會

085

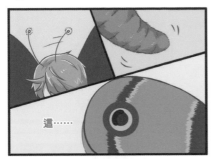

這……

這不是蛾嗎！？

而且身體完全沒有變小啊！那麼大隻的蛾……

拍動

掉毛

好噁心！

絨毛都黏到我臉上了！

086

咦？

胡蝶同學，不知道為什麼我看到你突然覺得……

一陣心痛……

又有點甜蜜。

我覺得我是喜……

不是。你是心肌梗塞。

果斷

087

088

為什麼不接受我呢？

我喜歡的仁同學沒有這麼多毛！你再一穿啦！

毛嗎？我知道了……

唰唰—

這樣滿意了吧？

大錯特錯。

更像鼻子了……

姑且還是去約會了。

剛才是我不對，就算外表如何變化，他都依然是仁同學，難道我的愛就這麼膚淺嗎？

看看仁同學…他很努力在學習怎麼用四隻腳走路…他會變成這樣都是我的錯。

擺動

我要好好享受這一天。

我們一起喝果汁吧。

好啊

噗溜—

089

今晚的月色真美～我們一起在月光下飛舞吧。

用力振翅

咻

起飛

砰——

超強氣流

090

月亮好棒～
路燈也好棒～
耶——

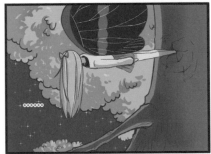

ooooooo

啊……
我突然想起
媽媽對我說過
的話……

愛．總是讓人遍體鱗傷。

091

數日後。

近日，大型詐騙公司被警方一舉查獲，其產品「變身900」經證實會導致畸形變身，受害者出現失憶等症狀。

若有人看到這隻青蛙，請撥打電話，必有重賞。

賣假藥真可惡啊！

是啊……

所幸該藥品藥效較短。

若您身邊有受害者，請立即通知警方。

話說，你的眉毛怎麼了？

…我也不知道……

……

第 14 話　誓死守護倉鼠

092

今天的上學途中**超幸運**！

為什麼這麼說呢？

我的旁邊竟然坐著睡著的布丁同學。

而且睡著的布丁同學沒有平時犀利的眼神……

超可愛。

呼─

093

嗯？說夢話了。

會做什麼甜蜜的夢呢？

媽……媽媽不要吃我……

掙扎

＊倉鼠媽媽有可能會出現食子的現象。

我和動物同學們的爆笑日常

094

啊，人變多了。

！

請坐吧。

這也是沒辦法的事嘛！

謝謝……

這手感～

被怪人讓座了……

095

人更多了。

為什麼只盯著我！我好不容易才和布丁同學親近一點的……

為什麼拿著拐杖？

……

咳咳

咳咳

咳

好了！好了！我知道了！

淅瀝嘩啦——

・ 84 ・

096

097

尖峰時段的其中一個好處…

不抓扶手也不會倒。

猛禽站到了。

借過～

我要下車！

身體小真是方便啊！

安睡——

我……我要下車啊！

所以就算我被擠死了，

布丁同學你……

車門關閉

砰——

也要活下去啊——

滾滾

總算下車了。

哈——

我和動物同學們的爆笑日常

098

第 15 話　無厘頭的大偵探

099

出門買醬油。

啊！

和阿狗巧遇。

你也出來買東西？

這裡離你家不是很遠嗎？你怎麼回去？

買早餐。

我沿路都有留下標記，沒問題的。

我的意思是搭車之類的……

嗅嗅

100

我的鼻子比你的手機導航還厲害喔！

只要一聞什麼都能知道！

喂！

嗅嗅

這裡昨晚有一位年輕的貴賓狗小姐路過。

想認識嗎？她的電話是136……

連電話號碼都能聞到嗎？

我和動物同學們的爆笑日常

101

102

103

104

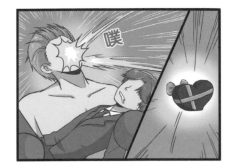

105

第 16 話　我是媽媽的親生孩子嗎？

106

在家寫作業。

咦？這題不會寫。

上網查查！

嗯……原來是這樣。欸！這個分享抽獎不錯耶！

欸欸！她出新歌了……哈哈哈這個好好笑……

玩起了手機……

悠閒愜意

107

喔！兔仔在社團po了自己小時候的照片。

好可愛！

作業為什麼會可愛？

嗯？

呀——

108

109

哇！動物寶寶好可愛啊！像糯米糰子一樣！

媽，你聽我說，

動物寶寶不會哭的確很可愛，但一直哭也不能怪我啊！

我呢？我就不可愛嗎？我曾經也是個小小孩啊～

你知道嗎？嬰兒大聲哭鬧是隱藏在我們基因裡的本能！

噢。

我兒子當然也可愛啊！想當初你也是那麼小小一個，粉粉嫩嫩的……

懂得挺多的嘛……

每天隔兩三個小時，你就大哭一次……我們兩年都沒有睡好……

後面有點不太對啊……

這孩子長大了。

110

那…那…我小時候就沒有可愛之處了嗎？

當然有啦！

喀啦

比如說「無法反抗」這一點。

嘩啦嘩啦

111

班上的同學都跟風po了自己小時候的照片。

我看看。

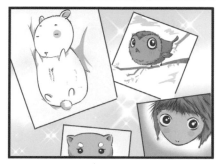

療癒——

＊阿仁的童年藝術照——all by 媽媽。

我和動物同學們的爆笑日常

112

什麼！每張同學的童年照仁同學都有按讚！！

啪——

我也要po！

這種的……

應該不行。

第 17 話　最怕雷雨天

113

今天放學的時候下起了雷雨……

同學們都很害怕打雷，所以都迅速回家了。

學校很快就變得空蕩蕩的。

除了……這傢伙

114

我不走是因為今天我是值日生，而且我也不怕打雷。

阿狗應該和大家一樣害怕才對啊，

為什麼不走？

乙戌君，你怎麼不回家？

因為要練習葫蘆絲。

什麼！？你居然連這個都會！！

115

116

既然不害怕，那幫我拿一下掃把吧。

哼哼。

看吧！他果然在害怕。我知道了！他一定是不敢自己回家想讓我陪，又不好意思開口……

拿就拿！

乙戌君不怕打雷嗎？

呃…那當然……

轟隆

不怕啦。

移開視線了！

看吧！

撲通

117

118

乙戌君，雖然男子漢的自尊要顧，但你偶爾也要對自己坦誠啊。害怕就直說沒關係，我可以陪你回家啊。

嗚哇——
乙戌君，你明明自己怕的要死還勉強自己來陪我。

我卻想著看你出醜……

我不是人！

什麼啊！

我是以為你也會害怕打雷，還要當值日生，才留下來陪你的啊。

雖然嚇死我了……

咦，你……

乙戌君！

咦？

大概沒聽見

你這傢伙～

嗚——

來！
我送你回家！

· 97 ·

119

第 18 話　家庭問卷調查

120

布丁家。

家庭

隨目前

週末作業。班導要大家分組做問卷調查，主題是「家庭」……

我要跟那個觸霉頭的家伙一組……

我才不要跟別人合作呢！區區一份報告，我自己寫就可以了！

嗯……該怎麼寫呢？

＊倉鼠寶寶出生24天就會脫離母親照顧。

121

20:00

別慌……認真想一想。

3:00

噢噢噢噢——

6:00

啊——

碰面地點。

早啊。

太心累，沒睡……

太興奮，沒睡……

我和動物同學們的爆笑日常

今天可以一起做問卷調查，真開心！

……是喔。

但是，從剛才開始我就有句話想說……

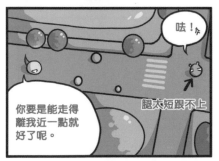

咕！

你要是能走得離我近一點就好了呢。

腿太短跟不上

哎呀！今天忘記戴隱形眼鏡了，路都看不清楚，布丁同學來幫幫我吧。

雙眼0.3

不要！

幹嘛黏一起！各走各的不好嗎？

拜託你啦，布丁大人。

人類真是麻煩死了！

124

125

＊狐獴族群龐大，而且家族成員長相極其相似。

126

想不到做個家庭問卷調查的作業這麼辛苦，先休息一下吧？

好啊。

對了！把兔子給的便當當午餐吃吧！

……

便便

草

*兔子會吞食自己的糞便，注意不要吃兔子準備的便當喔！

原來今天有同學來找我……媽，你怎麼沒叫我起床！！

……我是你二舅…

第 19 話　希望你立刻消失

127

128

129

人生真是太不公平了！明明同樣是冷酷孤高的性格，可是為什麼……

豹就可以擁有那樣的體格！

幹嘛？

可以這樣冷酷地打招呼。

而我……

你好啊，我們來做家庭問卷調查的作業。
(*^▽^*)

只能這樣！！

130

採訪中——

家庭成員？

四個，沒老爸。

關係好嗎？

他們很吵又麻煩，什麼都要我來弄。

將來的夢想？

考上XX大學XX系，再讀個研究所之類的……

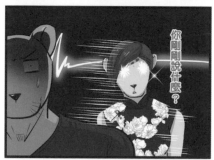

你剛剛說什麼？

嗚哇！孩子的爸，兒子這麼沒出息都怪我不好……

媽，我剛才亂說的！我會當老大的！

嗯…和媽媽感情很好。

131

132

133

你今天不高興
是因為……

因為？

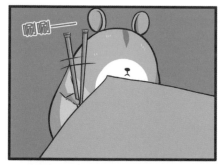

唰唰——

你今天頭毛有一根
翹起來了！我早上
就發現了喔～
你比平常更可愛了，
沒第一時間誇你，
你生氣了吧？

got you

調查感想：

希望仁可以
立馬消失。

論大哥
的
自我修養

鮑跳如雷 編著

第 20 話　傳說中的牙醫

134

135

我和動物同學們的爆笑日常

136

137

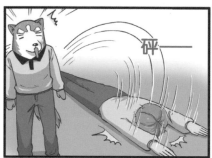

· 108 ·

138

不要害怕
我們一起
進去吧！

叮咚——

唔唔——　　唔唔——

歡迎光臨——

掛……掛號。　你先振
作一點
啊！

蒼老80歲

139

同學，你是第
一次來看牙醫
嗎？斷牙的根
我要先幫你拔
出來喔。

緊握

醫生，是不是會
流很多血？我需
要全身麻醉吧？

醫生，拜
託你握住
我的手好
嗎？

不要放手，
給我勇氣！

啊……那
你是要我
用腳幫你
拔牙嗎？

140

原來如此，

阿仁，你沒有看過牙醫，所以不知道牙醫的可怕。

rock

拿你來做人體實驗……

跟你說喔，牙醫都會趁著拔牙的時候……

才不會！

你以前去看牙的時候，到底發生什麼事？

……

第 21 話　蓋世神功

141

但是，家裡有兩個煩人的哥哥。

兒啊，看媽給你弄到的新武器，用看看吧？

還有個一心只想讓我當大哥的媽媽在……

……嗯

所以今天我要在這個小公園裡盡情讀書～

142

喂！那邊的兩個小鬼，

這球桌我們要用，識相的話就快滾！

嘿嘿嘿～

附近的高年級混混來搶場地，麻煩了。

到這裡還有人來吵我？噴。

聽見沒有？想挨揍嗎？

143

144

145

原來我身懷絕世神功？今天就是我覺醒的日子啊！

酷！

放馬過來吧！

這傢伙！

啊

喀喀喀喀喀喀——

喀喀喀喀

146

算你走運！

這裡也好吵，還是換個地方吧。

回去打球！

我剛剛超帥的對吧？

……

147

第 22 話　奪命電扇

148

夏天到了。

嘰

嘰

以前的班上總是充斥著濃濃的汗臭味⋯⋯

而現在⋯⋯⋯

更加臭氣沖天了⋯

臭烘烘

149

坐在電風扇開關旁邊的同學，幫忙開一下電扇吧。

噢？是我。

咔嚓

嗡——

咦？

嗚哇——

150

放心吧!
我不會讓你被
風吹走的。

仁同學

心動

好了!

欸!

151

站在桌上

哈

掏出暗器

乙戌君,你站
這麼高幹嘛!
擋住風了啦!
我吹不到!

下來!

閃過——

不要!

啊!
不好了!

152

153

154

第 23 話　我真的沒有賣萌！

155

156

157

去健身鍛鍊好了！

水健身
了解一下

快來看這個！

播放

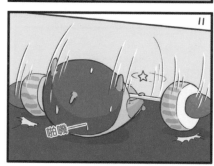

啪嘰

最近真是越來越可愛了！

比不過啦！

158

我想到了！只要跟著老黑就能知道如何變強了！嗯嗯，早上完成了80頁習題……

中午沒有去餐廳，而是買了麵包，並且在回教室的路上把握時間背單字……

放學後一個人躲在廢棄的工廠寫考古題……

這不太對吧！！

你也太努力了吧！

159

160

啊！我想到讓自己立馬變得高大的方法了！

⋯⋯⋯

嘰— 嘰— 叮叮鏘鏘

哼！厲害吧？

高蹺登場

第二天，學校。

噢！居然還會踩高蹺！比舉重還可愛哈哈哈⋯⋯

也會轉盤子嗎？

啪啪啪 啪啪啪

？ 咔噠—

嗚嗚—

可惡！居然不威猛。

161

第 24 話　平民學校？

162

今天我們班來了一位新同學，現在介紹他，進來吧！

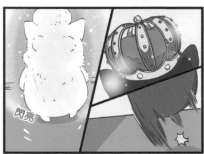

閃亮

好閃耀－！

大家好！我是沙士比亞，請多關照喔。

珠光寶氣

163

去找個位子坐吧。

左右

抓

老師，這裡沒有我的位子啊！我的座位是長這樣的！

你就坐到那個人的旁邊去。首飾都拿下來。

是…

我和動物同學們的爆笑日常

164

你好~
我今天第一次上學呢。

請多指教。

你好啊，要吃蘋果嗎？

這是什麼？蘋果不是應該長這樣的嗎？一個盤子裡有五個那樣……

……你這傢伙，是哪裡來的嬌生慣養的大少爺？

165

我家很普通啊，用鑲金包銀的筷子吃飯，睡雙人加大的床……

我爸說大家都這樣。

啊！難道……

這間學校……是清寒學校之類的嗎？

小聲~

這傢伙……真是讓人莫名不爽！

166

美術課。

這就是可愛天使的畫像，翻到第42頁……

什麼？！不對啊！

嗯？

我爸說！我才是世間唯一的可愛天使啊！你們的書寫錯了，我哪是長這樣！

唉……真想見見你爸……

167

放學了，要一起回家嗎？你怎麼回家？

我坐沙發回去！

沙發？

可

鈴

突然出現

168

第 25 話　溺愛孩子的老爸

169

沙士比亞的爸爸
沙文特先生

你是我兒子的同學吧，要看我寫的書嗎？

love-love

欸？

青春少女文學……

卿卿我我

你儂我儂

是這個人寫的嗎？

陰沉

是一位作家。

170

那個……沙文特先生是人類吧？

怎麼會是貓的爸爸呢？

你是笨蛋嗎？沙士比亞是我收養的啊。

命運之日。

喂，

你是流浪貓嗎？

要不要跟我一起生活？

呀！

171

自從收養了沙士比亞之後……

兒子，老爸要工作了喔！

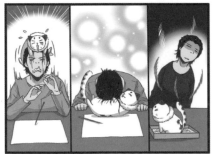

和你一起生活，

仿佛把戀愛中的酸甜苦辣都嘗遍了，讓我文思如泉湧啊！

托他的福，沙文特先生成為暢銷書作家。

那嘿嘿嘿嘿

172

因為太喜歡他了，他從來沒有離開過我們家，所有知識都由我教授。

兒子你聽好了！每天吃山珍海味、穿綾羅綢緞就是普通家庭的正常生活！貓是宇宙的中心！爸爸愛你，你是電你是光你是唯一的神話！！

我知道了！

你的教育……超有問題！

173

學校裡的蘋果都不是兔子形狀的。

可是……爸爸，

兒！你受苦了。

既然這樣你何必來上學？永遠待在家裡不就好了。

那是因為我最喜歡的咪咪她……

扭捏～

說我是廢物！

你這個連門都出不了的廢物。

174

爸爸！為了贏得咪咪的芳心我決定去上學！

好啊，也是，你也到了該去上高中的年紀了……

就去吧！老爸去幫你辦手續。

謝謝爸爸！

我會努力的！

心如刀割

嗯……

出門在外爸爸會擔心啊。

175

你到底吃了多少？

第 26 話　超級豬隊友

176

知了——

老闆，這兩枝冰棒多少錢？

一共80元。

知了——

嘰哩嘰哩

啊，好熱……夏天就沒什麼好事發生嗎？

← 不耐熱

再來一根

啊！

177

好事……

狼吞虎嚥

再來一根什麼的

怎麼可能讓你中

啪！

沒有發生。

178

別生氣啦，天氣這麼熱，我們去游泳吧！

游泳池嗎？我不去！

為什麼！

你跟我來一下。

我媽怕我中暑，幫我剃了毛…

超丟人！

179

沒關係，之前海獺帶我去過一個鮮為人知的湖，我們去那裡吧！

扔

看！這片湖很棒吧！

嗨！阿仁，你也來了啊。

180

是……是啊，我一個人來的。

這個樣子千萬不能被班上的同學發現，阿仁一定會掩護我，讓我先溜走！

我對你有著如此堅定的信任！

扯不動

……同學

181

我得讓阿狗溜走才行！

做點什麼引開大家的注意吧！

我們來撿浮木當船玩吧！

鏘——

老師對不起。

放生

182

看來阿狗已經成功溜走了。

各位,我先回家啦!

穿上

……不要告訴他。

噗

褲子怎麼這麼緊……

第 27 話　突然失寵

183

早自習。

阿仁，我該怎麼融入班上呢，為什麼我總覺得和大家有種距離感？

這個不是超簡單嗎？

怎麼做？

叫你爸回去啊。

184

爸爸，你走吧！我自己可以的。

那爸爸走了，要想我喔。

這樣行了吧？

什麼！再遠一咪咪我就要哭出來了！

只是走到教室外面有什麼意義嗎？你爸還在看啊！

185

聽好了！要融入大家最簡單的辦法就是做和大家一樣的事，首先從自己走路開始。

哈——

哈——

氣喘吁吁

你怎麼走得這麼慢？

抱

……咦？

拉長——

186

來找阿仁踢球

聽說人類分成貓派和狗派，最近喜歡貓的人似乎變多了呢！

啪嗒

你怎麼了？！

啪嗒啪嗒

＊貓是一種液體動物是在網路流傳的論點，這是由於貓的柔軟度很好，可縮在容器中，依據有固定的體積但形狀會隨容器改變就是液體來推論的。

187

188

自己買零食也很普通喔！要吃優格嗎？

好啊。

學校餐廳的食物也要習慣才行。

餐廳。

在家的時候，爸爸也常常讓我吃優格。

幹嘛？在等我餵你嗎？自己用筷子啦。

舔

在家的時候，爸爸都是用嘴巴餵我的喔！

居然只舔蓋子…這也太浪費了…

不行嗎？

……哇

189

阿仁和爸爸一樣是人類，為什麼卻不能像爸爸那樣呢？

唔！

這個嘛……大概是因為……

我是狗派。

兒子啊！你好可憐啊！

怎麼沒有海獺派？

第 28 話　少女心？

190

每次學校有新生進來，總喜歡向我挑戰⋯⋯

他這是在挑釁我吧？

喵～

未免也太不自量力了。

191

你是不是害羞呢？班上只有我們兩個是貓科的

我們做個朋友吧！

要跟我一起玩球嗎？或者我的肉墊讓你捏捏？

我爸強烈推薦哦～

慢著！！

192

193

放開我兒子！
有什麼衝著我來！

他伸手幹嘛？

啊！我明白了，果然是那個吧。

嗯？這個人是……

這個給你，兒子還我。

是那個作家！
我昨晚還在看他的書！

都怪爸爸沒有二頭肌……只好交保護費了！

支票
伍拾萬圓整

握手。

下手輕一點！

他……他給我簽名了！

（開心）

194

等一下！

我⋯⋯
我想知
道⋯⋯

怎樣才能
成為作家
呢？

啊？這個
都靠我兒
子喔。

對啊，
我超會
的！

磨蹭磨蹭

只要像
這樣，
唔嗯嗯
嗯嗯呢。

195

怎麼樣？文思如泉
湧了嗎？

⋯沒有啊。

大風車

那這招呢？

咕嚕咕嚕

⋯⋯⋯

老爸，這傢
伙好像有點笨耶。

小聲點。

196

第 29 話　天生一對

197

假日。

呀！胡蝶同學，你好呀！怎麼無精打采的？

兔仔，你說戀愛是不是都是自討苦吃？

嗚嗚嗚

戀愛的煩惱嗎？說到這個，當然就要看星座啦！

星座大師

198

你的星座是什麼，你的生日是？

這個嘛……

我是9月30日出生的。

看，氣球！

但是到隔年2月27日我才變成幼蟲……

你覺得哪個才是我的生日？

呃……

199

200

那還是先看你喜歡的那個人吧，你喜歡誰啊？

欸？！不告訴你！！

那我們可以按照阿仁的性格來推測他的星座！

我沒有說是阿仁啊！

生日總可以說吧？

他心靈脆弱，敏感膽小，還有點笨，可能是巨蟹也可能是雙魚。

我也不知道……人……人類一般幾月出生啊？

胡……胡說是溫柔善良、大智若愚啦！

他超好的！

人類沒這麼講究喔！

你喜歡阿仁啊？

慈祥的微笑

行行行，你說了算！

還說不是阿仁，嘿嘿。

看穿一切的笑容。

＊昆蟲類通常有固定的繁殖季節。

201

就且當他是雙魚或巨蟹好了，你的兩個生日分別是天枰和雙魚，來看看你們的契合度。

巨蟹男和天枰女：50% 需要努力

巨蟹男和雙魚女：100% 天生一對

雙魚男和天枰女：40% 前途堪憂

雙魚男和雙魚女：80% 理想的一對

我決定我是雙魚座！

行行行，你說了算！

選雙魚你就哪邊都不吃虧了是吧？

你決定？

202

星期一——

抓住男人的胃就能抓住他的心，你準備好了嗎？

準備好了！

噢？誰在我桌上放這麼多花……

花蜜大餐（大概）

好多……花粉！

哈～

哈～

鼻子好癢。

*大部分的蝴蝶以花蜜、腐果、樹汁等液體食物為食。

203

看他都被感動到哭了，這就是他最容易被攻陷的時刻，快去！

好！

哈啾——

出擊——

這麼快就回來啦？

啪！

咦？今天巨蟹有桃花運嗎？

＊阿仁確實是巨蟹座。

第 30 話　夏日大亂鬥

204

同學們！學校每年夏天的重大活動就要開始了。

我知道！

是園游(遊)會吧？我們可以在教室弄一個豪華版的！

是運動會啊！小子們！！**夏季運動會！**

你們一定要給我贏！

噢——

205

但是據我觀察，別班的選手都很厲害！

你看別班的貓跳高……

再看我們的……

砰——

NICE兒子！

哪裡NICE了？他連墊子都沒跳過。

說實話我第一次見到他時，完全沒認出他是貓。

206

我們班有沒有什麼專長是別班沒有的？

啊！對了！

我們班有

一個「人」啊！

運動嗎？我以前在人類學校參加過趣味運動會，玩三人四腳，障礙賽還不錯。

這個嘛……

我們學校的學生體型差距較大，玩三人四腳很容易受傷喔。

嗯嗯！

……噢。

207

那超級酷的田徑賽呢？怎麼樣？

這個嘛…

比速度的話：

老虎：80 公里/小時
人類：5～6 公里/小時

比力量的話：

猩猩的臂力是成年男子的 20 倍

嗚哇……
未戰先敗了嘛……

痛哭—

*原本想說「人類是靠智取的」，但因為自己考了35分而說不出口的仁同學……

· 148 ·

208

阿狗，你說我是不是很沒用啊？什麼優點都沒有。

才沒有呢！

那你說說看我有什麼優點。

呃……

唔……

絞盡腦汁——

啊！你汗腺很多呀！我們班誰也比不過你。

這算優點嗎？

我超羨慕啊！

209

沒關係，有一個項目就算你自己能力不足，也可以靠團體戰取得勝利，我們一起參加吧。

是什麼？

兒子你想參加運動會吧？老爸有個辦法可以馬上增強你的實力！

是什麼？

＊人類全身約有200-300萬條汗腺，而狗有兩種汗腺，大汗腺（頂漿腺）分布於皮膚，小汗腺集中在腳掌，汗腺不如人類發達，主要也不是用來散熱的。

210

第 31 話　5 個小時的接力賽

211

我們四個來練習一下接力賽吧？

麻煩死了，我只陪你們跑一次。

沒錯！我們要好好練習，贏得勝利！

走吧！

等一下！！

212

你這身裝扮是在耍什麼花招？

咦？

喀啦——

嗯，貓就是長這樣沒錯，你們懂了嗎？

咻——

粉絲

GOT IT

害怕…

超害怕…

213

照這樣的選手順位,我們來練習接棒吧!

預備～

跑!

獵豹
世界短跑之王
時速113公里

先慢慢起跑,在交接區接棒……

呆站著幹嘛?
快跑啊你!

3秒

214

飛奔──

啊,來了爸爸!快跑起來。

給給給給我我我!!

抖抖抖

抖抖抖

給哪隻手?

握

215

216

快點跑過來！

雖然爸爸被淘汰了，我自己一個人也沒問題的！

爸爸！

碰

呼——

哈——

哈啊——

兒子對不起！爸已經盡力了……

爸爸……

哎呀！

你怎麼沒有在眼睛的位置挖兩個洞呢！？

安詳

你也太慢了吧！！

217

乙戌君
第一次
摸到了
接力棒。

訓練五個
小時後。

緊握

他，
喜極
而泣！

嗷嗚……

唉……
感覺輸定了。

第 32 話　悲慘的手氣王

218

219

220

賽前準備中。

為了提升我們的速度，我和莎士比亞換位置。

另外，你拿到接力棒之後不要跑，

要把自己變成球，用滾的比較快。

知道了！

唔⋯⋯唔⋯⋯

呀！我好像摸不到自己的腳，哈哈哈。

盡力了～

⋯⋯那就躺著滾。

221

你這種棉花體格也要參加運動會嗎？

隔壁班的倉鼠

那當然！我可是很厲害的！

布丁同學！啦啦隊要集合了。

我幫你拿衣服來了！

噗哧

嗚嗚嗚，幹嘛這時候拿來！

可惡！

大概是自尊心

222

加油！

223

我們有老大在，按照計劃應該能贏的！

哇！是啦啦隊！謝謝你們。你們幾個男生怎麼也穿裙子？

哈哈哈！

孩子們，有壞消息！

因為女生人數不夠嘛。

話說回來，我們都這麼犧牲了，如果你們還是輸的話⋯⋯

扭捏～

校長臨時增加了規則，要抽籤換裝賽跑！這樣的話，可能會有人抽中很礙事的衣服，勝負很難說喔。

我真的會生氣喔⋯⋯

是⋯⋯
是⋯⋯

來，抽籤吧！

嗚⋯⋯⋯⋯

224

其實樂在其中

第 33 話　陰差陽錯

225

226

我和動物同學們的爆笑日常

227

228

229

230

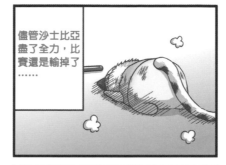

我和動物同學們的爆笑日常

230

第 34 話　奇妙家庭

231

232

我和動物同學們的爆笑日常

233

前往家庭餐廳——

早點出門不就沒事了嗎？老媽回家看見廚房就完了。

出門就要社交啊，好痛苦！

不好意思，今天有一家人包場，沒有座位了。

櫃檯

誰家那麼多人？

啊！阿仁，好巧！

熱熱鬧鬧——

七嘴八舌

就是這家人……

234

爸媽，這是我的同學阿仁。

嗯嗯♪

爸，這是我同學……呃……

糟糕！我好像不知道他叫什麼名字…

嗯哼

我叫021300207啦！

名字就是一串數字嗎？……

*狐獴家族約由2~50隻不等的成員組成。

235

因為我們家的孩子比較多，取名字太麻煩了，所以每個孩子的名字都是照他的出生情況取的。比方說這個孩子是在 02 年、懷孕 130 天之後出生的。他是那一年第 2 批、第 7 個出生的孩子，因此這樣命名。

可以簡稱我小七喔。

我懂了，孩子多的時候，父母經常會用數字來區分。

像我是獨生子，父母就會認真取名字。「仁」這個字就是希望我仁厚善良。

不是啦！就只是因為他是個「人」而已啦，哈哈哈！

咯啦——

236

社交高手嗎？

我想問一下，你們家族如此龐大，彼此間的感情維繫不會很難嗎？

很簡單啊，只要互相梳理毛髮就好了。

抓抓

抓

互相梳毛嗎……

噴——

要試試嗎？

會變親近哦～

＊狐獴家族常常互相梳毛，一起曬太陽、摔角、賽跑來維繫感情。

237

第 35 話　聰明反被聰明誤

238

我應該已經說過了。
我是個獨行俠。

轟隆

239

哼哼！今天誰都別想靠近我。

嘰吱嘰吱

嘰吱

但是學校裡的那些傢伙似乎永遠不會明白……

哎呀可愛～

嗨，布丁同學早安！

聚集——

為此，我苦心研究，終於製造出讓人無法靠近我的「武器」！

嘿

看你們誰還敢伸手，哈哈哈！

刷

人群分隔器！

要你們好看！

嘩——

舒服～

好涼快！

我和動物同學們的爆笑日常

240

沒關係，我不放棄！還有超級順毛劑，誰也別想抓住我。

抓不住的柔順

布丁同學一起去餐廳吧！

抓

咕溜──

呀──

241

哦哦！

還有這招。

手把手教你做一個不受歡迎的人

這個造型走在學校裡，

果然沒人靠近！

嗯？

要不要加入我們幫派呢？

……不了。

242

我的人氣是詛咒吧？

要是像臭鼬就好了，身邊總是空蕩蕩的。

擋不住的體臭

啊！我把自己變成臭鼬就好了啊。

只要有這瓶臭鼬噴霧

輕輕一噴從此身邊再……

呸——

嗚哇——

243

不對！氣味不是關鍵，像鮑可愛那樣身材威武的話，大家就會敬而遠之了！

喝

而快速做到的方法就是：把氣球塞進衣服裡，再充滿氣！

將將——

噗咻——

咦？

244

第 36 話　校園怪談

245

246

我和動物同學們的爆笑日常

247

誰來講個恐怖故事營造氣氛吧！

我！我有一個很恐怖的親身經歷哦。

小時候和媽媽手牽手睡覺的時候……

媽媽突然伸手挖了一下鼻孔，結果我就被沖到外國去了呢！

可怕吧？

哦哦…好可怕。

這算什麼恐怖故事啦！你還不如講你上課看漫畫被老師抓到！！

248

咯咯咯噠噠——

你們有沒有聽見什麼奇怪的聲音？

咯咯——

莫非是幽靈出現了嗎？！

阿仁，你也聽到了吧？

什麼？

咯咯

沒有啊……

咯咯咯咯咯咯咯咯咯咯

咯咯咯

＊海獺會手牽手睡覺，以防被水流沖走。

249

這次好像真的有奇怪的聲音啊。

啪嘰

嗚嗚嗚

突

這種聲音！難道是……

電鋸殺人狂嗎？

啪噠

嗚哇

幽靈出現啦！！！

250

實驗室

快快！我們去抓它吧！

我們一起上！

呀哈哈哈哈

什麼啊～原來是布丁在造戰鬥機器人啊。

欸？這個很普通嗎？

鬆一口氣

· 173 ·

我和動物同學們的爆笑日常

251

說個鬼故事
給我聽嘛～

第 37 話　我愛讀書啊！

252

253

254

昨晚——

啵

老弟醒醒，大事不好了！

剛才你在練拳擊時睡著了，被教練抬回來。老媽認為是你半夜偷讀書造成的，說要趁你明天去上學的時候把你的書都丟掉！

怎麼辦！雖然我連夜把床底下的書都藏起來了，但是萬一被找到的話……

大半年的庫存就要全軍覆沒了！

這麼傷心，一定是失戀了。

小聲

被甩了吧？

255

此時的鮑家。

奇怪

老三床底一本書也沒有，我是不是誤會他了？

是誤會吧，話說老媽…

你能不能等我上完廁所再討論這件事啊！

我要擦屁股了喔！

為什麼要進來啊？

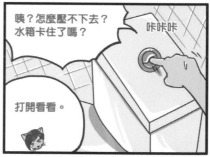

咦？怎麼壓不下去？水箱卡住了嗎？

咔咔咔

打開看看。

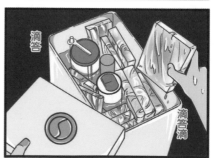

滴答

滴答滴

256

叮咚叮

老媽發現你藏在廁所水箱裡的書本了，她要大哥全部拿去擦屁股，剩下的也會找出來處理掉。
PS：你是不是穿走了我的拖鞋？

完蛋！要是被老媽全部找到的話，

被賣掉算好的，多半會直接撕碎啊……也有可能燒掉……

他說他媽媽會直接撕碎還有燒掉啊！

他的女朋友要被他媽媽……

257

不管了！

先回去搶救一波。

要上課了，你要去哪裡？

噴

縱身一躍！

老師！鮑可愛的媽媽要把他的女朋友碎屍萬段了！快報警！

你說什麼！

258

哀悼

第 38 話 戀愛腦

259

260

我和動物同學們的爆笑日常

261

今天我一定要親眼看看那個女人！

你怎麼知道他今天要和那個女孩見面？

他還特地打扮了，一定不會錯的！

是嗎……

他穿著四角褲和拖鞋出來欸。

……

他好潮喔！

我不管

你的戀愛濾鏡未免太強了。

262

啊，是她！得打個招呼才行。

可是……

我這樣不是很對不起胡蝶同學嗎？明明胡蝶同學才是最可愛的！

啊，胡蝶同學，好想見你喔！

蹦

…我要和胡蝶同學永遠在一起～

請不要擅自幫他配音好嗎？

第38話 戀愛腦

263

264

265

第 39 話　帶我一起飛吧！

266

兒子！今天真是好天氣，我們來悠閒地曬太陽吧。

悠閒地曬太陽？現在是曬太陽的時候嗎？

你這個傢伙整天只會嚕貓不做正事！稿子呢？這個月的稿子呢？

對不起！編輯大人！

現在就回家，今天沒交稿，我就夾爆你的頭！

爸爸被螃蟹抓走了……

267

我一個人要做什麼好呢？啊！

是鮑可愛！嘿～鮑可愛！（超大聲）

噗哈哈哈誰會叫這種名字？

在哪裡？爆可愛在哪裡？

不准那麼大聲叫我的名字……

268

269

270

別走啊，我們都是貓科的，我也有黑色斑紋啊。

嗶嗶嗶嗶

將來跟你學習變強的話……

扔

相信我也會變成全黑！

你不覺得我是很有潛力的弟子嗎？

哪來的滑翔翼啊？！

271

求求你嘛～老大～大哥～師父！

煩躁

這傢伙比我黑，

你先跟他學基礎吧。

滿心　歡喜

272

第 40 話　最害怕的事發生了

273

274

我和動物同學們的爆笑日常

275

我們班的學生都是珍禽異獸，舉止高貴。

不信，你看！

老師您好！

翩翩起舞

多麼高雅的打招呼方式啊～欸…欸？我卡住了！

掙扎

我竟然輸給這種笨蛋嗎？

276

其實你也不用煩惱，你們班上的學生也很有特色啊，不像我們班的學生只會讀書。

呿

而且不是說物以類聚，人以群分嘛～

我們的學生都跟自己的老師很搭啊。

嘻嘻

啪！

277

火大！我們班真的沒有好學生嗎？

這孩子……倒是經常看他在讀書，

怎麼不見他考個好成績？

前來挑戰的失敗者們

鮑可愛，你這個問題學生！

嘖！沒個清淨。

278

殺氣

騰騰

你還在踢球！大聲告訴我你這次的考試分數！

3……36！

答對了！原來你還能正確回答問題啊！

279

＊揚子鱷屬瀕臨絕種的保育類野生動物。

第 41 話　你們開心就好

280

媽，那個明天……
學校要開家長會。

太好啦！終於可以和毛茸茸們坐一起啦！
我要穿新衣服去。
興高采烈

各位家長請在自己孩子的座位上坐好，我們要開始了。
家

失望至極

281

不知道會被告多少狀…阿狗，你家是爸爸來還是媽媽來？

咦？
阿狗？人呢？

胸墊
你自己上場啊啊啊啊？！！

282

283

各位家長，桌上放的是這次考試的成績單，看了之後有疑問的嗎？

有！

啜泣

不滿

我為什麼不能和毛茸茸的家長坐在一起？我期待一學期了耶！

看！這才是看到孩子離譜成績該有的反應！這才是為孩子操心的好家長！

誰管你。

這整潔的0分試卷……實在太有孩子他爸當年的風采了～

老公，好想你喔！

284

希望各位家長平時在家也做好監督工作，避免孩子偷懶。

平時我都有看著阿仁寫作業，他既不會偷懶也不沉迷於遊戲，考得差我覺得主要就是因為……

他就傻，完全遺傳他爸。

媽！妳不要說話啦！！

噗哧

就是他啊？哈哈哈

哈哈哈

285

成績不是一切！

起身

阿仁有很多其他優點不是嗎？他是個溫柔善良的孩子。

啊……您竟然如此看重我家的孩子～

感動

阿狗，謝謝你為我說話，不過啊……

你的胸墊滑下去了。

兄弟永遠挺你！

286

第 42 話　抱久了會熱啊！

287

同學們，準備上課了。

你們兩個怎麼回事？到底要不要上課？

看吧～你們被發現了，沙文特先生還是快點走吧。

我覺得老師說的是你和阿狗啦……

288

2 小時前……

咦？你幹嘛把香腸挑出來不吃啊？那我幫你吃好啦。

啊！我…

我是要留到最後吃的啊！！

可惡，你這個笨蛋，賠我！！

幹嘛這麼小氣，不就是一根香腸～

吶，還你。

我和動物同學們的爆笑日常

291

咦！居然真的踢中了，平時射門怎麼沒有這麼準！

要…要不要道個歉之類的……

可惡，居然故意踢我！

還你！

噗

嗚嗚嗚嗚嗚

292

砸到我都不道個歉嗎？

你先為香腸的事跟我道歉！我就道歉！

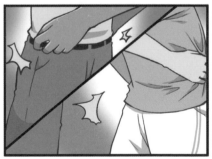

我還你了啊！你自己不要的！！！

鏘

293

第 43 話　心跳遊樂園

294

295

296

竟然穿著禮服來。是打算和我結…結婚？！

我媽幫我準備的行頭，果然不太合適？

猛搖頭

你看當時阿狗也是穿這樣來我們家的。

為了感謝你邀請我出來玩，這個是送你的。

耶～幸福

297

既然伯母這麼幫忙，我也要加油！就玩刺激的遊樂設施吧！利用吊橋效應拿下阿仁！

我想玩雲霄飛車

好啊。

不好意思，這位小姐體型太小，只能坐旁邊的迷你型雲霄飛車。

為了安全，也沒辦法。

啊啊啊啊啊

……

緩慢

*吊橋效應：男女在危險刺激的情況下，容易把心跳加速的反應誤認為是被對方吸引，從而產生愛慕之情。

298

選擇雲霄飛車是我的失誤，我應該選鬼屋啊。

不管是我來個小鳥依人，還是阿仁依靠我，就算他直接暈死過去……

都是我穩賺啊！

去鬼屋吧

正經

不行，我怕鬼，你自己去吧。

對厚…他還可以選擇不去……

299

旋轉咖啡杯。

啊～這宛如戀人般的氣氛，要告白就趁現在！

阿仁，我的心意都寫在紙上了……

加速猛轉

欸！

抓住

你一定要看啊！

300

摩天輪。

啊…剛才太失敗了，阿仁一定覺得我很煩。

我……我當然也很開心……啊！怎麼寫才好啦？

有啦！

胡蝶同學，謝謝你今天邀請我，我玩的很開心。但是因為你一直戴著口罩，不知道你是不是也玩得很新開心…

什麼？那個女孩是隻蝴蝶？我以後的孫子不會是毛毛蟲吧？！

第 44 話　不要輕易嘗試喔！

301

302

我和動物同學們的爆笑日常

303

304

305

Oh…阿仁！太過分了，竟然讓阿仁受了這麼重的傷…

想不到布丁發起酒瘋，竟然這麼厲害，大家一起上都還壓制不住。

阿仁現在不省人事…我心裡很清楚知道自己該怎麼做。

午安…　緊貼

給我出來！妳這個妖孽！

306

蓄力—

咻

現在的我，

無人能敵！

好久不見啊。

今天就是我！

征服世界的日子了！

307

啊……頭痛。

*溫馨提醒：未滿十八歲者，禁止飲酒喔～

第 45 話　催稿魔王

308

叮咚！
叮咚！
叮咚

沒人在家嗎？

嗯，我幫今天沒來上課的同學送筆記來，但是好像沒人在家。

我也打過電話了，但是沒人接，看來沒辦法了。

只好明天再來了。

打擾了！

砰！

309

你是誰啊？這樣不會被警察抓走嗎？

窸窸窣窣

掀

忘了自我介紹，敝姓崔。

去年剛結婚，有 12,600 個孩子。

嘩啦一

是這傢伙的責任編輯。

* 帝王蟹一年可產卵萬顆，
　孵化比例大概為 16000/80000。

・ 207 ・

310

原來您是編輯，我平時也愛寫點東西……您覺得我有潛力嗎？

311

312

等待中——

崔先生，你還好嗎？你的身體顏色看起來不太對啊…

顏色？

我一生氣就會變紅，你們人類生氣不是也會臉變紅嗎？不過我脾氣很好的，

畢竟都已婚了，脾氣有稍微收斂一點～

哈哈哈

碎的

抖

因為餅乾是碎的，就明顯變紅了好多喔。

313

怎麼了？

最近鍵盤裡卡滿了貓毛，我在想是不是兒子的食物太鹹了…你覺得呢？

我是問稿子的情況！還沒開始寫嗎！？

帝王頭槌

崔先生冷靜啊！我已經能聞到香味了！你現在看起來超好吃的！

勃然大怒

314

第 46 話　糟糕！情敵出現

315

目前為止從沒有遲到紀錄的資優生
——
李美花同學。

首次遭逢重大危機

吱呀

糟糕！
門要關了！

咦？

四腳懸空

啊

抓到遲到的兩個人！

316

對不起～

阿仁，你又遲到了，真了不起啊！

這隻蝴蝶犬是誰？

哎呀呀，我們班小美花竟然遲到了。

和「你們班」的人一起……

原來你是隔壁資優班的啊，我本來想帶你衝刺進來的，結果失敗了，你沒事吧？

噗通
噗通
噗通
噗通
噗通
噗通
噗通
噗通
噗通
噗通
噗通
噗通

超有事的啊！媽媽說身體不可以隨便讓陌生人碰觸！

我和動物同學們的爆笑日常

317

318

319

如果我能再跑快一點，你就不用罰站了，真不好意思。

好溫柔的人啊！

不不不⋯你已經跑很快了，謝謝你～

—啪啥—

你人真好。

這⋯⋯是什麼情況？

咯咯咯咯咯

320

課堂上。

兔仔！就是如此如此，這般這般⋯我有情敵了！怎麼辦！！

安啦～

你想太多了，不可能有人跟你一樣瞎了眼⋯⋯

東張西望

就是她！

不是瞎⋯⋯是近視啊！

321

你找誰？

緊張

我，我找
仁同學。

你有什麼問
題，不如先
跟我說吧？
♥

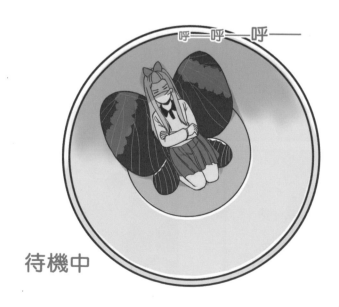

呼——呼——呼——

待機中

第 47 話　開戰！

322

理科實驗室。

我叫李美花，是三班的班長。

今天早上仁同學幫助了我…覺得他是個溫柔體貼的人，現在我一想到他就心怦怦跳得好快～

雖然是有生以來第一次，但我覺得我應該是喜…

立刻打斷——

不是，這不是喜歡，這是錯覺，你快醒一醒。

咦？！怎麼會？

323

我可以證明！

我真的喜歡上了阿仁。

你看我的課堂筆記，因為滿腦子都是他，回過神時已經變成這樣。

而且……他還對我做了那種事！

我要怎麼當作沒發生呢！！

那種事！

NO

我和動物同學們的爆笑日常

324

而且，我也自認能夠配得上仁同學。

咳咳

325

是阿仁配不上你啦！

嗯？

我小提琴8級，會說5國語言，還會油畫。

阿仁他不但腳臭頭髮又少，你看仔細一點。

另外，不戴眼鏡的時候也很可愛～

嗯……長得好蠢。

可惡！超級可愛啊！為什麼這麼強！

砰砰砰砰砰

哈啾！

？

326

不太對勁…從剛才開始，

胡蝶同學似乎一直在阻止我向仁同學告白……

驚

為什麼你不希望我和阿仁在一起呢？難不成你……

喜歡我？

呿……

327

我就老實說了吧。

我也喜歡阿仁，所以絕對不會把他讓給你的！

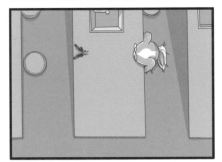

哼！

欸欸欸？

328

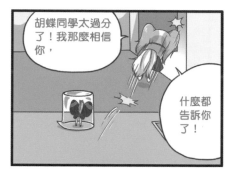

胡蝶同學太過分了！我那麼相信你，

什麼都告訴你了！

傍晚。

吱呀——

但是今後我不會輸的！

你在這裡啊！

抱～

胡蝶同學的感情路似乎更加艱辛了。

是胡蘿蔔不好吃？還是手機不好玩？為什麼你們偏偏要碰……感情。

第 48 話　生日禮物

329

唔…什麼也寫不出來。

哈囉～讓我來傳授作家的經驗給你吧，送你靈感之石。

怎麼樣，有文思泉湧嗎？

感覺有別的要湧出來了……

驚醒

兒子，生日快樂！

330

幾位裡面請。

今天媽請客，吃大餐～

不用這麼麻煩了（想回去寫作業）。

耶！今天爸爸領到版稅了，要大吃特吃！

黑賢家族全員出動！

啊！是鮑可愛。

是沙文特老師……

我…我要在這裡吃！

331

媽，這位是有名的作家沙文特先生。

肅立

是作家先生啊～

幸會幸會。

碰巧先夫也寫過一些書，就當作見面禮吧。

我的血腥江湖

108種拷問叛徒的方法

如何成為大哥中的大哥 鮑跳如雷

著 鮑跳如雷

332

今天恰好是犬子的生日，一起吃頓飯吧。

戒備

森嚴

是…是。

真摯

昨晚還有幸夢到了老師，沒想到今天就見到您了。

我真是非常高興。

夫人，您種的南瓜又不聽話了，爬到隔壁去了。

什麼？不聽話？那就全剁碎了扔去餵魚！！

我也…非…非常…高興…（驚嚇）

滋—

爸爸！不可以用眼睛喝茶啦！

333

傳訊息給熟人，
請他打電話給我，
說有急事溜走吧！

噗————

講幾次了！吃飯時
不准滑手機，有客
人在呢！

啪嘰

你媽媽說
的對喔～

塞進口袋

334

機會難得

大家一起來拍張
大合照吧。

當…當然。

啊呀！

咔

欸！

335

第 49 話　請勿玩火！

336

入秋之後有部分同學已經開始冬眠，請了長假。

人丁稀疏——

再過段時間我也要冬眠，不過放心，

到時會有代課老師。

啊～冬眠！可以好幾個月不用見到這群調皮的孩子呢！

不自覺的微笑

老師今天撿到錢了嗎？

背脊發涼

居然在笑。

337

學校小樹林。

好大一片銀杏林！

因為冬眠的同學缺席，我們三個來劃分各自要打掃的區域吧。

劃地盤？！

那我從這邊開始尿。

請你用掃把來劃界線，用掃把！

338

認真掃起來還是很快的嘛，

接下來拿畚斗來清理掉就行了。

然後就可以回家了！

耶——

一陣秋風

339

我先護著，你們快去拿畚斗！

重新掃了

處理大堆落葉的方法……

你們等等喔！

我們用樹葉來烤地瓜吧！

還買了打火機喔。

340

要在學校裡點火嗎？
我們真是壞孩子啊。

嘻嘻嘻嘻嘻

我小時候經常玩火，點火是小事一樁啦～

埋埋好

我也是耶～我們真酷！

那…那還等什麼？

掏

倒是點啊……

341

阿仁輸了，你點火！

好孩子不要模仿喔。

啪嚓

別擔心，火不會燒太快的。

你們幾個怎麼掃這麼久？

熊熊烈焰

342

被狠狠訓了一頓……

還要罰掃三週的地。

淒涼的小河邊。

嗚哇～我也好想冬眠喔！這樣就不用寫作業也不用掃地了！

好啦～我請你們吃烤地瓜吧！

地瓜也烤成焦炭了。

……

ゲホッ

冬眠的那些傢伙都吃不到呢。

也是呢！

那再買些關東煮和炒栗子～

你最喜歡的關東煮是哪一樣？

第 50 話　我不要吃湯圓！

343

入秋之後我也要囤糧了！目標就是身後的堅果特賣會。

為避免與搶購的人潮接觸，我特地穿了防護裝。

還特地選了離學校很遠的超市，應該不會遇見熟人。

拉緊

嘎嘎嘎嘎——

雙腳懸空

344

布丁同學！好巧喔！

我今天來這裡打工，竟然還能遇到你耶！

咦？你臉色怎麼那麼難看？發生什麼不開心的事嗎？

是啊，發生了不開心的事

就在 30 秒前（遇見你）

345

想不到推銷這麼難，一整天下來我一包都沒有賣出去，你要不要買一包回去吃吃看？

誰理你啊，我才不吃湯圓！

現在立馬鬆手！我還有急事呢。

啊？喔！

等等等等！我們來了解一下你的湯圓吧～

沸騰

346

太好了～布丁同學真是善良的小天使。

先嚐嚐經典口味的。

塞 塞 塞 塞 塞 塞

還有這個和這個！我們口味超級多。

如何？你最喜歡哪種口味？

怎麼不說話？難道全部都喜歡？無法選擇？

......

＊倉鼠臉頰裡能塞下體重20％的食物。

347

在這麼遠的超市我們都能相遇，好開心啊～

堅果限時搶購開始啦！

啊！

一擁而上

348

要不要買湯圓呢？可以試吃喔！

這位先生！

布丁說他最討厭我……不是討厭……是最討厭……

啪嗒啪嗒——

夠了！都說我有事要做啊！別纏著我，最討厭你了！！

他喜歡糞金龜都比我多哇啊啊啊啊！

……

噗咪噗咪——

轉身

好啦，對不起，是我不對，我沒有最討厭你（我是討厭所有的人）

你不用安慰我了！

349

原來你沒有討厭我啊～
（幸福一）

← 還是買了

您的消費金額可以參加一次抽獎喔！

結果錢都用來買湯圓了…想要的堅果沒辦法買，都是阿仁害的，真倒楣…

總共380元

恭喜您！獲得了豪華堅果大禮包！

嗯～你們抽獎有中過什麼好東西嗎？

第 51 話　爭風吃醋

350

我叫李美花，是資優班上的資優生。

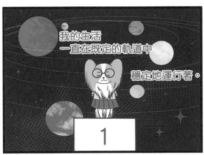

我的生活一直在既定的軌道中穩定地運行著。

但是最近有一個人，攻破了我穩定的系統。

對不起啊～

351

這個月的校園主題是「動物界的英雄」，你就開始畫吧！

雖然老師總是告訴我們，不要太早談戀愛，

心思都應該用在學習上。

可是我……

畫好啦！

這是動物嗎？

卻無法控制自己的心！

是呀……

352

雖然我的戀愛之路困難重重，和阿仁的學習能力、種族都差距很大，

愛讀書

不愛讀書

但是我最大的苦惱⋯⋯

不給看～

是我有一個纏人的情敵！

353

胡蝶是阿仁的同班同學，所謂近水樓台先得月。

不能輸掉！我要搶先告白！

噗通 噗通 噗通 噗通 噗通 噗通

啊～～～有生以來第一次告白，緊張得不得了！

怎麼辦？心狂跳停不下來！

啪嘰 啪嘰 啪嘰 啪嘰 啪嘰

什麼聲音？有人在吃洋芋片嗎？

354

嗚哇！
我真沒用。

不要放棄！
找找其他
方法。

啊！可以送手作禮物
拉近兩人的距離！
天氣這麼冷，我織一
雙手套好了。

但是也不能
耽誤課業。

355

總算熬夜做好
了！等阿仁下
課就交給他。

今天走後門
會有好運哦~

啊！那傢
伙在前門
等阿仁！

欸？真的嗎？
胡蝶同學還
懂這個啊。

還……還是
下次再給吧！

咴呀

啊！
命運的
相遇！！

· 233 ·

356

第 52 話　瘦身大作戰

357

358

上學途中。

難怪我昨天和咪咪在巷子裡玩的時候被卡住了！

阿仁早安！

爸爸，我就說我變胖了吧？你還不信！

胡說！你才沒有胖！

沙士比亞早安，你……你是不是變胖了啊？

爸爸我都有定期帶你量體重，從過去到現在，我們的體重都沒有變！

過去

現在

欸！你從哪裡看出來的？

氣喘吁吁

……從各方面吧……

醒醒啊沙文特先生！是你天天帶著這麼胖的貓跑來跑去變瘦了啊！注意身體啊！

我和動物同學們的爆笑日常

359

360

361

不對不對！我們要運動特訓，跑步回家！

噢！

目標是穿過美食街，你要抵擋誘惑。

嚼 嚼

口水直流

嘶溜嘶溜

鍛鍊堅強的意志力！

一二！一二！繼續前進。

哇啊啊啊啊啊～

362

爸爸，我回來了！

兒子！

怎麼樣？沒有受傷吧？

鍛鍊好辛苦，口水都流乾了。

我放棄啦～

謝謝你送我兒子回來……你……好像有點不一樣了？

圓滾滾

…哪有。

我和動物同學們的爆笑日常

363

哇！莎士比亞你好帥啊～

我們一起穿過這條小巷吧～

卡住

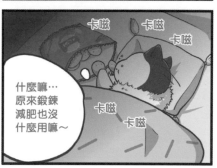

卡嗞 卡嗞 卡嗞 卡嗞 卡嗞

什麼嘛…原來鍛鍊減肥也沒什麼用嘛～

嗶——

一二！一二！一二！

第 53 話　老師，我想您了！

364

阿仁，你每次考試都只進步1分也太有規律了吧！

是怎麼讀的，吃我一……

突然定格

呼

一年2班的楊江海老師，課上到一半突然進入冬眠。

365

同學們好，我是楊老師冬眠期間的代理班導，

我叫鹿迪迪。

熱烈歡迎

好可愛！

當老師是我從小的夢想，所以會非常珍惜成為我第一批學生的你們！

來之前，我已經把全班同學的基本資料、生日、常穿的小褲褲圖案都背下來了喔～

啪　啪　啪
啪　　　啪

我和動物同學們的爆笑日常

366

仁同學～

老師知道你身為全校唯一的人類，壓力一定很大。

老師準備了很多紓壓的書給你喔～

有什麼想和老師聊也可以喔。

這麼多…

啊…老師管太多了嗎？

我今晚就讀……

感覺拒絕的話…我就變成壞人了。

好高興

367

隨堂考。

啊……全都不會

啜泣

嗚嗚嗚……

梨花帶雨

對…對不起，老師看到因為試題苦惱的乙戌君忍不住就……都怪我教得不好，讓你受苦了…

但是你不要傷心！成績不是人生的全部喔！

啊！我弄哭老師了嗎？感覺做了天大的錯事…

・240・

368

發問時間。

老師，我這裡不懂。

啊！可愛的學生發問了。放心，老師會把它前後五千年的歷史都告訴你。

天啊……真的講了五千年的歷史，午餐時間都過了啊……好餓……

咕嚕

老師不去吃飯嗎？

老師是反芻動物，不需要去餐廳喔～

午餐在胃裡

啊！難道同學你忘記帶午餐了？要不老師分你一點？

猛烈拒絕

*反芻是指進食一段時間後，將胃內的食物倒流回口腔內再次咀嚼的行為，常見的反芻動物有羊、牛、駱駝等。

369

放學。

同學們！

冬天天黑得比較早，晚上回家也比較危險，老師一想到這個就擔心得不得了！

心痛

所以老師為你們準備了回家路上專用的防護裝備！

楚楚可憐

大家都會穿吧？

這是什麼讓人不好意思說不穿的眼神！！！！

370

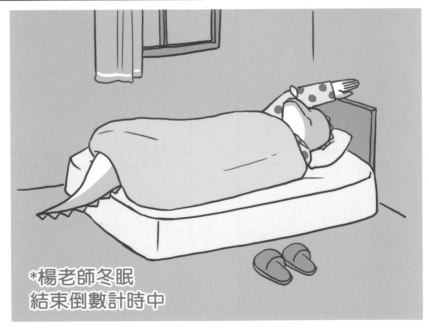

第 54 話　大人的世界

373

什麼啊，那個女老師……算了別想了，工作第一！

同學們，我們先復習一下上節課的幾何知識。

老師！我來回答。

好！美花同學能求出熊貓和鹿離結婚還有多少天的公式嗎？

欸？我……我不知道……

李美花同學大受打擊。

374

洗手間。

怎麼回事？我難道喜歡上那隻鹿了嗎？

撥弄

如此高貴可愛的我，竟然會喜歡別人？

這一定是個誤會……

用毛戳出來的

啊！我在幹嘛！

＊角往往是雄鹿爭奪配偶的武器。

375

就算我喜歡她，高貴如我也絕對不會主動追求的！

嘿咻 嘿咻

好帥～

我就在2班的教室門口，展現出超有品味的模樣，她一定會被我迷倒！

3小時後

怎麼還沒出來！有點尿急！

鹿老師正在解題

376

老師，你的講義……

可惡，看來我必須主動開口了啊……

你的講義忘拿了，有空一起喝咖啡嗎？

謝謝您，好的！

好機會！

你的講義忘記拿了，不愧是最後一名班級的導師，連健忘也是第一呢～

太過分了！嗚嗚嗚～

砰 砰 砰 砰

我這該死的嘲諷習慣……

377

老師，你是不是戀愛了？

但是⋯⋯但是因為書上說，戀愛中的人容易破綻百出，老師您⋯⋯

不是喔，美花。大人們有各式各樣的煩惱，偶爾崩潰一下是正常的。

您已經光著屁股一整天了！！！

潘達老師，陷入愛河。

植髮

您的不二選擇

第 55 話　實力切換自如

378

379

*豹會攻擊獵物的咽喉，並常常把牠們拖到樹上享用。

· 247 ·

380

呼氣

加油！用校園廣播的話我一定能做到！！

啊～

少爺，您放學了，今天一定也表現優異，光彩奪目吧？

通知！

一年二班鮑可愛同學，明天請你的家長來學校一趟！

直接回家。

是！

肅然起敬

不愧是少爺，連請家長到校都用廣播昭告天下。

381

現在。

請看這些考卷。

上面都能看出用鉛筆答過題，又全擦掉了的痕跡，我覺得鮑可愛同學可能⋯⋯

糟糕！我為了得到零分而交白卷這件事⋯要曝光了嗎？還是在老媽面前！

看這小子平時還偷偷看參考書，

沒想到全是0分，我當年也能考10分啊⋯⋯

我認為鮑可愛同學是真的一題也不會，沒有自信才擦掉的。

慈愛的目光

無語。

這孩子可能太像他爸了⋯⋯

382

這樣的學生不好好引導的話，他的一生就毀了啊，我必須幫助他。

就算他是豹我也不能害怕！我做得到！

老師每天幫你課後輔導…

不用。

哇～拒絕得太乾脆了吧！把勇氣還我。

也是呢

補習也救不了你，那樣多傷自尊

383

那沒其他什麼事，我們先走了。

等等！

參加補考吧！

我不能讓我的學生留級，請再努力一次吧！

就算補考，他還是會考0分的…

我相信我的學生！只要一起努力的話，一定會及格的！

384

沒想到你說話唯唯諾諾的，

卻是個有骨氣的人呢，我喜歡！

你們別操心了。

兒子啊，不然惡補一下，像媽媽一樣考個10分左右？

鮑可愛同學補考全科滿分。

這…這是什麼教育奇蹟？！

鮑可愛同學第一次拿到真實的成績，有點開心。

第 56 話　新年快樂

385

一月一日凌晨 4 點。

阿狗昨晚約全班同學今天早上在公園集合，一起上山看第一道曙光。

錚

超期待！！

這麼棒的團體活動我還是第一次參加！

冷風吹—

就……

就只有我們四個嗎？

大家好無情

386

此時的胡蝶家。

阿仁今天會去看日出！

我要跟他來個「不經意的巧遇」。

阿仁！我來啦-

←超怕冷

咦？胡蝶那傢伙怎麼會這麼早就出門？我才剛開始晨讀。

還特地打扮了…一定是要和阿仁見面！

美花同學，一般女孩子不會打扮成這樣去見心儀對象啦。
——柴犬君

・251・

我和動物同學們的爆笑日常

387

好冷哦。

上山之前，我們去商店街買點熱的東西吃吧。

啾啾——

休 公休 公休

啊…我都忘了元旦是國定假日。

咦？阿仁還沒到公園嗎？

胡蝶！你是不是來見阿仁的？！

你才是偷偷聞著味道跟來想見阿仁的吧！打扮了有一個小時吧！

388

沒錯！我就是來見阿仁的！

別以為只有你會打扮，我也是有備而來的！外套只不過是路上套一下。

好！

那好啊，我們就在這裡等阿仁，公平競爭！

因寒冷而抖到失焦

我只是剛好站在這裡…順便就…

暖～

389

雲層這麼厚，大概看不到日出了吧。

又冷又餓，新年第一天好慘哦～

山頂。

欸……

暖烘烘

毛茸茸

我覺得今年還不錯。

以前都沒有朋友和我一起看曙光…能這樣擠在一起，我還蠻高興的。

……

啊？

390

咔嚓咔嚓

391

只差潤飾了，真的……

看到日出啦！

大家新年快樂呀！

Lesson 15…

我們去玩吧！

新年快樂

感謝大家一年來的支持，新的一年我們依然會朝著成為一個能被大家喜歡的正經派搞笑漫畫而努力的！！請多指教～

第 57 話　寒假作業

392

糟糕！明天就要開學了，但寒假作業一個字都沒寫！

時間只剩今天，寫不完明天一定會被罰站的！

現在是超緊急狀況！

阿仁，出來玩！

來啦！

393

你怎麼這麼緊張？便祕了嗎？

其實，我寒假作業一個字都沒寫……

作業？我也沒寫，不是還有一星期才開學嗎？

是明天啦！明天！

玩到沒日沒夜的傢伙

男子漢敢做敢當，我們把腿敲斷，明天請假吧。

別衝動，我們今天一起趕作業吧！

我和動物同學們的爆笑日常

394

阿姨好！

哎呀，乙戌君好久沒來玩了，多吃點點心呀～

哦？你竟然有這本漫畫，怎麼買到的？

厲害吧？我最近還買了新遊戲，要玩嗎？

喔喔超棒！等下換我玩。

帥吧？漫畫也借你……

和樂融融

等等！我們不是來寫作業的嗎？

395

市立圖書館。

家裡環境太安逸了，我們在這裡寫。每人兩科，寫完交換。

沒問題，這次要專注！

這邊這個方程要這樣……

咦？橡皮擦有點髒了……

把這邊切掉，髒兮兮的真礙眼啊～把四個角都切圓好了。咦？我好像還可以這樣做……

我竟然…

還有這種才能！

我在搞什麼鬼！浪費了兩小時！！

396

什麼雜念？

阿狗！我雜念太多，沒辦法寫作業。

*乙戌君在做狗毛氈。

397

為什麼！為什麼一寫作業腦子裡莫名其妙的想法就特別多？已經晚上了！完了完了寫不完了！

咚！

我們要摒除雜念，找本大悲咒來讀一讀。

有道理。

果然還是只能敲斷腿了。

滴答

找書找書……咦？這裡的書放錯書架了，要擺到對面去才行。

滴答

滴答

滴答

滴答

這一排也沒有按序號排列，我來排吧……

滴答

不要！我們乾脆不寫了，明天就像個男人一樣堂堂正正受罰。

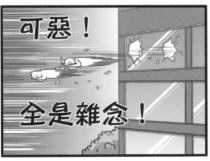

可惡！

全是雜念！

好兄弟，有難同當！

398

第二天。

同學們寒假作業都寫了嗎？

雖然很不忍，但沒有寫的要去走廊罰站哦。

哇——那個壞傢伙！

對了，仁同學昨天晚上重感冒，可能要請假一星期。

發燒有必要哭成這樣嗎？

阿狗！對不起！

你的作業呢？完成了嗎？

第 58 話　我只想好好活著

399

400

我和動物同學們的爆笑日常

謝謝你們來看我啊，胡蝶同學，美花同學。

咦？美花同學怎麼知道我生病的事？

我在你們班門口看到那隻哈士奇蹲著在等你，他告訴我的。

忠犬〇公

躺著很無聊吧？我幫阿仁帶了漫畫書啾！

哦⋯⋯

胡蝶真沒有常識！那麼小的書是要怎麼看？

還是讀我帶來的哥德巴赫猜想吧！很有趣喔！

喔喔，任何一個大於等於6的整數都可以表示成⋯⋯

——呼嚕——

為什麼連你也睡著？！

此乃學渣日常。

啪

403

咦，我怎麼睡著了？

可惡！被搶先了。

嗯，謝謝你。

風寒感冒略微發燒時，先用溫熱毛巾擦拭額頭、四肢，比較舒服吧？

熱毛巾算什麼！喝薑茶才是最舒服的吧！

啊！好燙！

噗

404

阿仁，沒事吧？

當然沒事啦！你看他面色紅潤了不少。

你真是強詞奪理。

我來照顧就好了！馬上讓他痊癒。

應該讓他吃小米粥，然後喝醋！

難吃死了，要用棉花沾醋塞鼻孔才對！

吃大蒜更好！

你走開！

我和動物同學們的爆笑日常

405

哎呀這是什麼？
怎麼看起來有
點眼熟？

第 59 話　我也想吃小餅乾

406

收假上學，真是超級不習慣走路像在夢遊。

教室都感覺不一樣了。

咦，竟然連同學們的臉都陌生起來了。

仁同學……

你走錯教室了。

阿仁，「長假症候群」發作中。

這是我的位子啦！

407

不好意思，我的學生給您添麻……

啊！

你的講義忘記拿了，不愧是最後一名班級的導師，連健忘也是第一呢～

哼！

1 班

阿仁我們走！

喔！

好啦沒事了，同學們我們繼續上課～

今天講立體幾何……很簡單唷～

嗚哇啊哇！

潘達老師，正被喜歡的人討厭中。

408

謝謝老師！

仁同學，「長假症候群」老師可以理解，這是老師親手做的餅乾，吃了打起精神來吧！

啊～小鹿老師親手做的餅乾，好想嚐嚐看，我得想個辦法讓那小子把餅乾給我！

哎呀呀，怎麼走著走著突然就肚子餓了呢？頭好暈喔。

那個，老師！

上鉤～

這是我們班的教鞭，你先吃了墊墊肚子！

別客氣。

*材質：斑竹

409

辦公室。

2 班的小鬼腦袋迴路太令人意外了，想要餅乾我得靠我自己！

哎呀～我好像有點頭暈、噁心⋯還有點沮喪⋯

站不穩

我一定也得了「長假症候群」⋯

我知道是什麼病！

幫你叫救護車

你確定病人是中暑嗎？現在是冬天啊！

可能是因為太胖了，總之快帶他去醫院吧！

410

請問您跟病人的關係？

是同事，但是關係不好的那種。

唔⋯我沒事

病人幾分鐘前發病的？

因為關係不好，我沒有注意⋯⋯

噗

病人以前有這種病史嗎？

我們的關係不好，我不知道呀，別再問了。

嗚嗚嗚

不好了！病人突然不行了，快搶救！！！

卒

411

對不起鹿老師，上次是我不好，你不要討厭我⋯⋯
咳咳⋯⋯這是我⋯⋯最後的心願⋯⋯

潘老師，既然你這麼有誠意的道歉，那我也要道歉。

對不起，我之前對你也態度不好。

咦？

這是我做的手工餅乾，就當作是和好的禮物，希望你吃了能打起精神！

嗞嗞

什麼！

412

第 60 話　心碎暴擊

413

家政課。
你有沒有發覺潘老師最近有點怪怪的？

哪有？

老師最近總是盯著一個包裝袋發呆，時不時傻笑。

貓熊本來就是呆呆萌萌的啊，而且……

老師哪有你奇怪？

雖然你做的也是枕頭……

414

不然我們去問老師問題，來確認他有沒有異常好了。

好主意。

神遊中

潘老師，山羊是怎麼叫的？

咩～

你看，很正常吧？

＊大貓熊在求偶時，常發出類似「咩咩」的叫聲。

・267・

415

老師您最近魂不守舍的，發生什麼事了嗎？

沒什麼啊，我很正常。

小美花不用擔心，好好學習吧！

老師一如既往地優雅又高貴喔～

話說小美花你的毛顏色好像餅乾喔……餅乾？她送了我餅乾～

為什麼這麼閃？

笑開懷

鹿老師給的餅乾，他全吃光了。

416

小鹿老師還是單身嗎？

是…是呀。

你喜歡什麼類型的？

嗯～高大英俊的紳士型吧。

竊竊私語

話說……潘老師的睡姿也太奇怪了吧？

是呀……還一直跟著我們。

來打探情報的

死亡凝視

· 268 ·

417

老師果然喜歡小鹿老師吧？

好厲害！

我全部，都能理解喔～

老師，坦率一點！

上吧！你一定可以的！

418

布置一下，邀請小鹿老師去看電影。

啊！

她要上來啦！

咔嚓

下班後要跟我一起去看電影嗎？

419

不去。

噢。

老師！！！

楊老師的冬眠結束了，小鹿老師可以回家了。